STOPP!

**Dies ist die letzte Seite des Buches!
Du willst dir doch nicht den Spaß verderben
und das Ende zuerst lesen, oder?**

Um die Geschichte unverfälscht und originalgetreu mitverfolgen zu können, musst du es wie die Japaner machen und von rechts nach links lesen. Deshalb schnell das Buch umdrehen und loslegen!

So geht's:

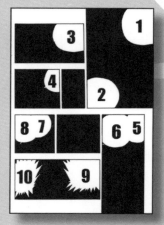

Wenn dies das erste Mal sein sollte, dass du einen Manga in den Händen hältst, kann dir die Grafik helfen, dich zurechtzufinden: Fang einfach oben rechts an zu lesen und arbeite dich nach unten links vor. Viel Spaß dabei wünscht dir TOKYOPOP®!

TOKYOPOP GmbH
Hamburg

TOKYOPOP
1. Auflage, 2012
Deutsche Ausgabe/German Edition
© TOKYOPOP GmbH, Hamburg 2012
Aus dem Japanischen von Jonathan Link
Rechtschreibung gemäß DUDEN, 25. Auflage

BREAK BLADE
© 2008 by Yunosuke Yoshinaga
First published in 2008 by Flex Comix Inc. TOKYO
All rights reserved.
Original Japanese edition published
by Flex Comix Inc. Tokyo.
German language version worldwide published
by TOKYOPOP GmbH, Hamburg under the license granted
by Flex Comix Inc.

Redaktion: Sabine Scholz
Lettering: Brilliant IT Enabling Services, India
Herstellung: Sonka Gerdsen
Druck und buchbinderische Verarbeitung:
CPI – Clausen & Bosse GmbH, Leck
Printed in Germany

Alle deutschen Rechte vorbehalten. Nachdruck, auch auszugsweise, verboten. Kein Teil dieses Werkes darf ohne schriftliche Genehmigung des Verlages in irgendeiner Form reproduziert oder unter Verwendung elektronischer Systeme verarbeitet, vervielfältigt oder verbreitet werden.

ISBN 978-3-8420-0405-4

www.tokyopop.de
www.facebook.com/TOKYOPOP.GmbH

Drachenschild
(auch »Kiteschild«)

Golem-Schild der Armee Athens': Die Stärke seines Kerns ist die höchste auf dem ganzen Kontinent. Ist er jedoch einmal gesprungen, verliert er enorm an Widerstandskraft. Da er ziemlich schwer ist, reduziert er die Beweglichkeit des Arms.

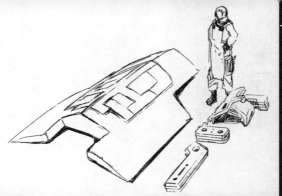

Scutum Theta

Golem-Schild der Armee Krishnas: Verglichen mit dem Schild Athens' ist er diesem im Hinblick auf die Festigkeit deutlich unterlegen. Er verliert jedoch selbst wenn er leicht beschädigt wird nicht an Güte. Sein Schutzbereich ist verhältnismäßig breit und durch sein geringes Gewicht ist er leicht zu handhaben.

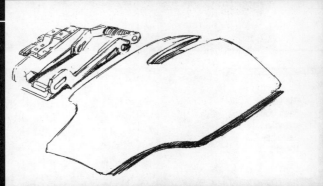

UND SO GEHT'S WEITER IM NÄCHSTEN BAND VON

BROKEN BLADE
ブレイクブレイド

DIE TRUPPEN GENERAL BORCUSES AUS ATHENS RÜCKEN UNAUFHALTSAM IN KRISHNA VOR. GENERAL BALDRS EINHEIT STELLT SICH IHNEN VERZWEIFELT ENTGEGEN, WIRD JEDOCH NACH UND NACH AUFGERIEBEN. GIBT ES EINEN AUSWEG AUS DIESER MISSLICHEN LAGE?

Warum ist Athens schon so weit vorgedrungen...?!

Irgendetwas geht hier vor.

Mensch, Hodr ...

... ZIEHT INS FELD!

DIE NEUE EINHEIT MIRENIR ...

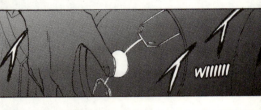

...

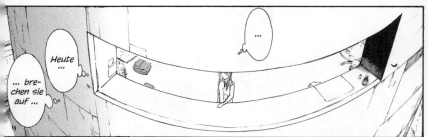

... nicht stören ...

Es würde mich ...

...

RASCHEL

...

AUFWACH

ch interes- siere mich icht ... für Rang und Namen ...

...

Genau!

Ein Stern für das einfache Volk Krishnas!

Die beste Magie-Ingenieurin des Königsschlosses!!

... würde mich nicht stören, wenn mein zukünftiger Mann ...

... nur ein Bauer wäre ...

... wäre ich zufrieden ...

Es ...

Solange ...

... er mir von Zeit zu Zeit ein paar Bücher kaufen würde ...

... oder mich einmal im Monat in die Bibliothek brächte ...

Hm ...

Ach so ...

Also dann ...

Ach, nichts ...

...

Hä? Was?

Murmel nicht so vor dich hin, sprich so, dass ich dich hören kann!

Wenn du wieder zu Hause bist ... was wirst du dann tun?

Jetzt, da ich tatsächlich von hier verschwinden werde, bedauere ich es ein bisschen ...

Hm ...

D... Dann ...

... gib dein Bestes ...

... werde ich mich wohl wieder in einen einfachen Bauern zurückentwickeln.

Für einen Augenblick hatte ich diesen schönen Traum ...

Da ich meinem Vater bei seiner Arbeit helfen muss ...

Dir sollte es gelingen ...

... eine erstklassige Magie-Ingenieurin zu werden!

... gib dein Bestes hier.

Und du ...

Erstklassig ...?

...

KAPITEL 20: ERSTSCHLAG

Morgen ...
oder ...?

Eh ...

Das ist doch Rygart ...

Dieses blonde, wirre Haar ...

SCHLITTER

Falls die von Königin Sigyn entwickelte neue multiple Panzerung fertig wird, wäre sie vielleicht unser Ass im Ärmel ...

Noch neun Tage ...?

Tut mir leid, Narvi.

Kein Problem.

Dass seine Entschlossenheit und seine Leistung so weit auseinanderliegen ...

MURMEL MURMEL

... die Muskelkraft, die ich mir mit meinem Vater in harter Feldarbeit erarbeitet habe ...

... aber ...

Ich bin zwar ein Talentloser, der weder eine Druckkanone abfeuern noch Wasser kochen kann ...

... IST ECHT !!!

WOOSCH

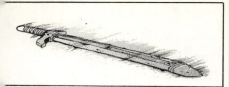 

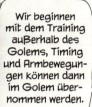 

Wir beginnen mit dem Training außerhalb des Golems, Timing und Armbewegungen können dann im Golem übernommen werden.

PACK

?

Okay ...

Unterschätzen Sie mich ...

Pfh ...

Da du mich sowieso nicht treffen wirst, kannst du ruhig mit ganzer Kraft zuschlagen.

Du lädst zu langsam nach!! Der Gegner wird dich vorher treffen!!

Jetzt ins Rote!!

Zu langsam!

Eine Hand sollte von Beginn an zum Nachladen bereit sein!!

ICH SAGTE, DASS DU ZU LANGSAM BIST! WILLST DU UNBEDINGT STERBEN?!

Bleib weiter unten! Du gibst ein zu gutes Ziel ab!

Du lässt zu früh los!!

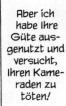

RATTER RATTER

Die Jalousie der Zimmerdecke lässt sich mit Quarzbändern öffnen und schließen...

APITEL 19:
LEISSIGE ERFÜLLUNG DER DIENSTPFLICHT

BROKEN BLADE
ブレイクブレイド

Für unsere Bürger sieht es so aus, als zögen wir los, um ein freches kleines Land zu bestrafen, dass sich als Orlandos Schild andient ... nicht wahr, General?

Hegen Sie Zweifel an diesem Krieg?

Uns bleibt einfach nichts anderes übrig, als die anderen auszuquetschen ...

Unsere Vorräte reichen nur noch etwa zehn Jahre. Wie man es auch dreht, wir benötigen einfach neue, ergiebige Quellen.

Allerdings beginnen die Quarzvorkommen unserer Minen zu versiegen, was die Bevölkerung natürlich nicht erfahren darf ...

Vielleicht, wenn ich die Landespolitik außer Acht ließe ...

Hauptstadt der Föderation Athens, Ilios

Dann wäre er ein beispielloser Feind für Athens.

Die Verkörperung der Zerstörung ...

Eine schwere Lanze mit enormem Härtegrad, die Schleifarbeiten an der Griffstange sind endlich abgeschlossen ...

Es ist zwar unmöglich, aber ...

... was wäre, wenn man alles verwenden könnte ...

Ich habe ihn heute erstmals in Aktion gesehen, allein das hat mich überzeugt.

...

Ich habe das Gefühl, dass wir für Delfing zu viel Aufwand betreiben.

Diese Ausrüstung ist viel zu schwer, als dass sie ein Fabnir tragen könnte.

Es wäre schon ein großer Erfolg, wenn er nur etwas davon verwenden könnte ...

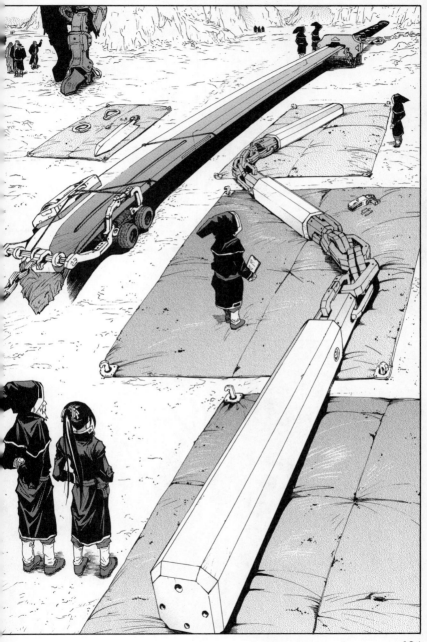

Er konnte es zerteilen ...

... aber ich bin nicht dazu fähig ...

Was?

Er ...

Ein ausgezeichneter Standort für einen Angriff, Narvi.

So perfekt, dass einem ganz übel wird.

... und ...

Durch den Feuerschutz Loggins werden meine Bewegungen eingeschränkt ...

Langeher, Girghe ...

Ich habe das Training zwar nicht gestattet ...

... erlaube mir aber, daran teilzunehmen ...

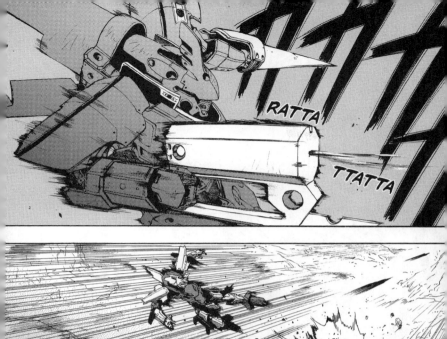

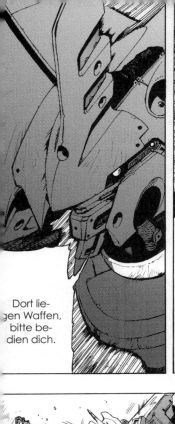

Dort liegen Waffen, bitte bedien dich.

WOSCH

V... Verarsch mich nicht, was heißt hier »bitte«!!!

Du weichst gut aus.

Deine Verteidigung liegt wohl so zwischen 60 und 80 Punkten.

Hey! Warte, hör auf!!

Wer bist du?!

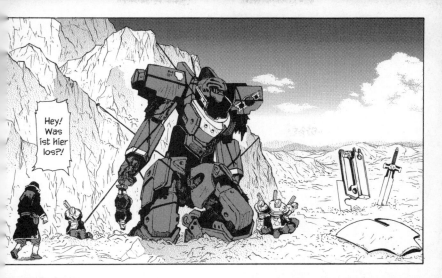

BROKEN BLADE
ブレイクブレイド

General True, machen Sie keine Dummheiten!!

... Rygart ... Hab Dank ...

WAHH WAHH WUUAAH OOHHHH

Er ist mein einziger Sohn ...

Rygart ... Hör mir zu!

...

Wenn er sich nur ein bisschen komisch verhalten sollte ...

... dann zögere nicht, ihn zu töten ...!

...

Ich sagte doch, Sie müssen mich verwechseln ...

...

Ja, so ist das.

Mhn ...

Ist das?

Mmh ...

Er soll unser fünftes Mitglied werden ... Stimmt was nicht mit ihm?

Nein.

Vertraue ihm nicht.

Auf keinen Fall ...!!

Girghe ...

Hast du ihn schon getroffen?

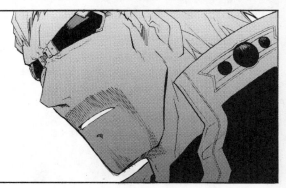

RIESEL
RIESEL
RIESEL

Ja ...

Sie brechen also morgen auf?

... aber auf Drängen des Stabschefs wurde er auf die Kandidatenliste gesetzt ...

Die Wahl des fünften Mitglieds ist noch nicht endgültig entschieden, ich war zwar ebenfalls dagegen ...

... Nur fünf Personen ... Ha ha .

GIRGHE?!

?

GENERAL TRUE!!

WAS SOLL DAS BEDEUTEN?!

DIESE AUFSTELLUNG...

WA...!

WA...!!

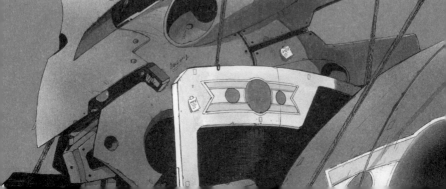

... ich habe mich wirklich mit ganzer Kraft gewehrt ...

Verzeih mir, Cleo.

Ich wollte wissen, wie weit du gehen würdest ...

Die eignet sich nicht zur Selbstverteidigung, sondern nur zur Abschreckung ...

Ich habe Angst vor Waffen und benutze sie nicht ...

KLACK

Sie haben sich also tatsächlich zurückgehalten ...

... so einfach eine Waffe erringen konnte ...

Ich fand es schon seltsam, dass ich, die ich in der Geschichte der Militärakademie die Schwächste im waffenlosen Kampf war ...

Am Anfang hat er, auch wenn sein Pokerface schon bröckelte, noch so getan, als könne er dich nicht ausstehen.

Aber schließlich hat er sich, sogar von sich aus, um dich gekümmert ...

Scheiße ...!

Ich dachte, ich könnte Zess nicht das Wasser reichen ... und dann, ohne nachzudenken ...

Hach ...

Also echt, jetzt fang ich schon an, mit Tieren zu reden ...

...

Tst ... Was zur ...

Puuhh ...

...

Zess hat auch häufig dabei geholfen ...

... aber als du klein warst, hab ich oft auf dich aufgepasst.

Ein Tiergehirn wie deins erinnert sich vielleicht nicht daran ...

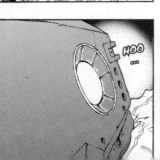

Schon, es schmeckt aber schrecklich.

Ist das auch für Menschen genießbar?

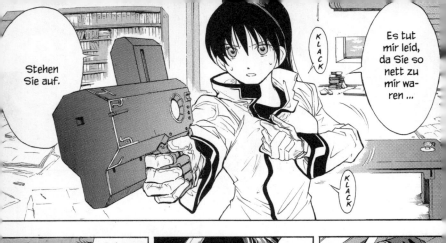

!

POLTER POLTER

PAFF

NGGH...

...

...!!

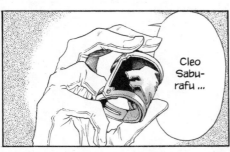

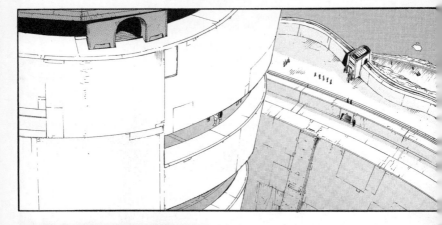

Zur Not schlage ich meinen Kopf gegen die Wand und sterbe ...

Egal welche Art Folter sie anwenden, ich werde nicht reden!!

SCHUU

Tritt ein ...

WIR MÜSSEN DIESES MÄDCHEN MIT ALLEN MITTELN VERHÖREN!!

DIESE KERLE SIND IN UNSER GEBIET EINGEDRUNGEN UND HABEN KÖNIGLICHEN SOLDATEN DAS LEBEN GERAUBT!!

Königliche Hauptstadt
Binonten

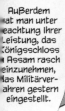

Außerdem hat man unter Beachtung Ihrer Leistung, das Königsschloss in Assam rasch einzunehmen, das Militärverfahren gestern eingestellt.

Er plädiert wie kein anderer für Ihre Wiedereinsetzung.

Falls sich Krishna unter den Schutz Orlandos stellen sollte, wäre das für uns die größte Bedrohung.

Beim Gefecht an der Landesgrenze zeichnet sich also eine Niederlage ab ...

Das bedeutet, dass man hinsichtlich Ihres Befehls zum Massaker in der Belagerungsschlacht um Assam ein Auge zudrückt ...

Generalsekretär Lokis weiß das ...!

Gleichzeitig wurde Ihnen die globale Befehlsgewalt über die Krishna-Strafexpedition erteilt ...

FLAPP
FLAPP
FLAPP

Es ist tatsächlich der Oberst!!

Ah!

Fräulein Leda, bitte nicht rennen.

Oberst! Sie haben doch noch nicht zu Mittag gegessen? Essen Sie doch bei uns.

Ja ... Aber ...

Ich habe heute auch beim Würzen geholfen!!

Fräulein Leda ... Ich bin im Dienst ...

Ich freue mich schon auf den föderalen Streicher-Wettbewerb nächsten Monat.

Hm! Sehr gut.

Wie fandest du es, Vater?

Sie haben Besuch.

Mein Herr.

Ich weiß jedoch nicht, wie die Jury deine Interpretation des dritten Satzes aufnehmen wird.

Mir hat sie sehr gut gefallen.

Du! Bring das den Kindern zurück.

Ja ... aber Ihr Geleitschutz ...

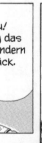

Ähm ...

Kein Problem, ich komme immer allein her.

Sich um das Volk zu kümmern, ist auch eine unserer Aufgaben.

Warte!

Gebiet der Föderation Athens, außerhalb der Hauptstadt Ilios

Ah, danke schön ...

... Borcuse kommt ...

INHALT

KAPITEL 15	HALLENDER NACHKLANG	3
KAPITEL 16	ÜBERGREIFENDE ZU- UND ABNEIGUNG	27
KAPITEL 17	DIE NACHT VOR DEM AUFBRUCH	59
KAPITEL 18	ÜBERRASCHENDES GEFECHT	83
KAPITEL 19	FLEISSIGE ERFÜLLUNG DER DIENSTPFLICHT	112
KAPITEL 20	ERSTSCHLAG	134

BROKEN BLADE

ブレイク ブレイド ④ Yunosuke Yoshinaga